中澤系歌集

uta0001.txt

目次

※マークは、旧仮名遣いで発表された作品

I

糖衣《シュガーコート》

1998

1999

uta0001.txt

3番線快速電車が通過します理解できない人は下がって
いや死だよぼくたちの手に渡されたものはたしかに癒しではなく

生体解剖《ヴィヴィセクション》されるだれもが手の中に小さなメスをもつ雑踏で
かすかなるもののまひるまゆるゆるとまわる扇風機のまんまえの
かみくだくこと解釈はゆっくりと唾液まみれにされていくんだ

キャンディーのいくつか平行世界《パラレル》ではたぶんつまみ上げられなかったほうの

そとがわにはりめぐらせてあるあまい蜜をからめた鉄条網に

とおからぬ日のきたるべき春に待つ、 でもみみかきにひとすくいほど

メリーゴーランドを止めるスイッチはどこですかそれともありませんか

加速する、あるいはあの日少しだけ浮上した裸体の記憶だけ

嚙みしめているよこの血まみれの手でつかんだはずのメロンパンなら

靴底がわずかに滑るたぶんこのままの世界にしかいられない

作為することの困難さなのだと言った、　ぼくには聞こえなかった

加速してゆく感触のない量の記憶地平をかすめていった

匙の先甘露はわずかひと掬い麻痺するのには十分すぎる

手の中にリアルが？　缶を開けるまで想像してた姿と同じ

屠殺者のようぼくはこの手をもって血まみれのことばを切りきざむ

破瓜の時ファルスは躊躇することがない変化とは変化であって

明日また空豆の殻を剝くだろう同じ力をかけた右手で

終わらない　だからだれかが口笛を嫌でも吹かなきゃならないんだよ

sugarcoat

意図なんかしたくはないさひるひなかフレンチフライのMくらいしか

おしまいの果てへはりぼてだってかまわないからエンドマークを見よう

知る？　きみは少し先回りしたあと後ろ向きでそれを見ただけだ

言い切りのかたちでかまわない誰も聞き耳をたててはいなかった

ぎりぎりの場所など想定しなくてもいいプルトップなら開けられる

のみ込んでしまうべきだよてのひらで溶けないだけど口では溶ける

赤旗は上がっていない踏み切りは完全だでもどこに落ちよう

空くじはないでもたぶん景品は少し多めのティッシュだけだよ

おそらくは綺蹟ではないてのひらに黒の軌跡が映し出されて

明示したはずの居場所で絵文字入り地図を渡した所で会おう

なんらかのことばを吐いた嚙みかけのガムをくるんで捨てた刹那に

糖衣がけだった飲み込むべきだった口に含んでいたばっかりに

裏側を向いたまんまのコインでもコインはコイン十分なほど

牛乳のパックの口を開けたもう死んでもいいというくらい完璧に

理解したあとのインターミッションの時にほおばるポップコーンは
わかりやすさという甘露オブラートひと包み嚥下はひといきで
ブルーベリーパイのブルーベリーひとつぶぼくたちは触れねば生きられない

ぼくはルビーレッドのグレープフルーツだけを食べながら生きて行きたい

戦術としての無垢

片方のドアを閉じれば片方のドアが開くようなシステムが

理知であるなどと　いちばん右側のエレベータを待つ2、3秒

一瞬のノイズにも受信者たちの意味探しゲームは始まっている

parallel でかまわないから自動翻訳機をひとつ用意しなさい

駅前でティッシュを配る人にまた御辞儀をしたよそのシステムに

up to date だなんて魚雷戦ゲームかなにかと勘違いしている

街中に流布したルールそれはそのルールのためのルールであった

鍵付きの小箱のなかの全自動生命維持装置の駆動音

まちがえず行えたなら　スタンプがたまれば千円引きのケーキ屋

戦術としての無垢、だよ満員の電車を群集とともに下車する

計量される日

審判の日の夕つ方天気図に長く停滞前線の影

その先にあるものを見るためにある予約搭乗券の期日は

定常化されてしまったみみなりのむこうもこちらも世界であると

フェイクだよ三角くじの内側を見ずに行くべき方角を言え

かくてこの地に横たわるべき時は来たれりジル・ドゥールーズの斃死

スローガンを叫び続ける生活が来る甘受する生活が来る

片務的論理操作の一端を担う忘れっぽいアナウンサー

模倣だよ　一定の間隔を保ち自動改札機を出る人々

ご破算で願いましては積み上げてきたものがすべて計量される日

水平に切ればいいのさ地表からすこし浮かんでいるあたりをね

そしてまた生き残ったさ受像機に長く空席待ちの人々

I hate to tell a lie 冥き地下道にながながと女の腰のポスター

tariff　ああ昨日の夜はなにごともなかったよ交番に白墨

to mean, it's mean

理解したような気がした　理解したような気がした、ような気がした

じゃあぼくの手の中にあるこの意味ときみの意味とを比べてみよう

うわずみをすくいとればいいのだろ裏声でつぶやくふりをして

オリジナルなのだと言えばくしゃくしゃの紙幣をポケットから出しながら

ぼくたちは永遠に存在を追い越すことができない、それだけだ

いつだって知りたがりやのボクらイミだとかキャラメルコーンの中の豆とか

意図などというのさそれを意図しつつそれを意図だと知覚しながら

quotation そのかぎ裂きの隙間より赤き舌先覗かせて意と

to mean, it's mean まっしろな紙をインクで汚す毎日だった

divide by zero

マイナスの文字なし　二十一世紀時計は一つ数字を減らす

なおもただ未完であれば終点に着く前に乗り込む検査官

失うというは　領土のごときもの持つゆえわれは失い得る、と

脳《なずき》その板に凭せつduty free shopの袋抱き眠り居り

眠りたるものゆえ愛《は》しと言うべきか終点になお遠き準急

「桜井君傘の下には告ぐるべき者などいない。東へ行こう」

なおもなおもその病巣は小康を保ち続けるらしと未明に

謂すでに細き骸となり果てたバッティングセンターにて空振りする

出口なし　小さき子らの群れ左側を抜き去る全速力で

#DIV/0!　無数に浮かぶ数がみな裁きの時を待つ未明にも

blue

※

天使《エンジェル》の羽根ならざれば温み持つ金具を外したる夕つ方

双球にかひなは伸びて重力を支へる術も無き脂肪塊

衣ずれの音遠ければ地表とも判別できぬ肉塊に触れ

さはさはと砂漠のごとき草原をあてどなく辿れる小人たち

抽送の音しづかなり雨樋を打つ水滴の姿思ひて

大海に出でしのちにも掌の飴をほほばる幼稚園児ら

天球を突かぬ雨傘それぞれに起立させつつ急坂を征く

はすかひに見し三日月のごとき窪とほからぬ窪なれば手を伸ぶ

040

青くさきアボカドの実を割りたれば意外におほき種子出づるなり

2659

ひたすらに南京豆を剝いていたせんごはとおいせんごはとおい

福助の頬ふくふくと膨らんで夏　壊死の無い夏がまた来る

5861留置線には銀色の帯持つ冥き冥き機関車

あかねさすむらさきのゆきしめのゆきとりあえずは遅延証明をもらおう

凱旋門甃れし後のセンター街にもベドウィンの強き体臭

さあここでしちゃいなちゃいなにこやかに手を振る赤ら顔の総書記

煽動者映る無音の受像機のざらざらと赫き退色の痕

カルピスの瓶昏きゆえ砲撃の光見透かし得ぬ特売日

罪ならば　九段下より市ヶ谷へしずしずとゆるき坂を上れり

もはや戦後ではない　青い青い青いそらひくひくとゆるい痙攣

きげんにせんろっぴゃくごじゅうきゅうねんの夏　あたらしき戦後はまだか

じゃあ、ね

ぼくにまだひとを恋うるというちからあるならばにぶく光るマニキュア

ゆうぐれの電車静かにポイントを渡る今からおまえが好きだ

手触れ得ぬ君の眼窩の裏側を思うあら煮の身を削ぎながら

ああ君に薄き幸あれわれかつて愛した女なれど、ならねど

ガラス窓ごしにあなたは声のないじゃあ、ねを言って立ち去ったはず

breakeven

なおもあかるき昼にまどろみつつあればアウフタクトのごとき始業ベル

器満たしさざめく水の面にも似て月曜の出勤途中

コフドロップひとつ男の口中にとけてゆくゆるき甘露という圧

永遠に無料の黄いろいポップコーン潰せば同じバターの匂い

ハンカチを落とされたあとふりかえるまでをどれだけ耐えられたかだ

未決囚ひとりひなかの快速にいてビールなど呷っていたさ

ポケットに両手を入れたかたちから射殺の時がうかばぬ日々よ

ただ赤のチューブを握りしめている待つ覚悟など抱き得ぬ日に

あしひきのことばの死にも間に合わぬままむらさきのレシートを裂く

臨界の時を待たなむ驟雨降る森にて何の予兆もあらず

breakeven　寝覚めの床にゆで卵完全に剝くことを予感し

バランスを崩して触れたさみどりのポストにウエット・ペイントの文字

プラスチックの溶けた滴をしたたらせひとりひとりのキューピーの死よ

滅ぶべき帝国の夕いもうとの午睡は終わる気配も見せず

つぎつぎと真実映すカーブミラーにもひとときの休止《パウゼ》をくれよ

予兆なき郊外電車の連結部床板は猫の腹を踏む如

地球最後の日

水風呂に沈む少年やわらかく四肢を胎児のごとくに曲げて

夏、きみの足下にあるアイスキャンディーの棒には羽蟻が群れて

量り売りするかのごとくファンデ打つ稚児の眉根の綺羅星かなし

サウナ室裸の男二三人皆根源の場を隠しおり

膿みやすき少年の指全日の夏過ぎてまた夏を　大輔

中心で焼かれる牛の脊椎の白さよゆるく海風が吹く

火を囲い火を欲るもののすがしさよ救世《ぐぜ》のごと燃ゆファイアーストーム

雨、うすきテントを叩く外部とは徹底的に外部であった

プールサイドで西瓜割りした親子らが赤き塊持ち上げる夏

なつかしき地球最後の日をぼくはあしたにはもう去らねばならぬ

おれはなぜ生きているのだ

融炉にはとどかぬゆえに投げ上げたボールを見失いし内野手

続くのさ自己模倣だと手鏡の中の小人が言う所作はまた

ほの暗い壁にシャベルは吊されてにせものの着地の日を待てよ

ぼくの死でない死はある日指先に染み入るおろし生姜のにおい

咳《しわぶき》不意に出る心地してああぼくは一千年を生きねばならぬ

射抜くならたがわず青き尖塔を射抜けよ左打席の男

ぎんいろの保育器《インキュベーター》その外は世界それでも世界を待とう

妖精のうすい胸抱き無償なる日々に旅券をさしだしている

飼い慣らすべし獣ほど猛々しくなくてそれでも日々とは獣

おれはなぜ生きているのだ紙切師影よりかたち切り離したる

II

2000

2001

緩慢な死をひとつ

クーラーの風ひぇびぇとしてうらだれもだれもが歯痛に耐えて

テクノクラート苦悶の時にくゆらせる無に近きメンソールの煙草

まろびつつ消えゆくは何　駅前に矢印を持ち立ち尽くす人

しっとりと舌に巻き付く味のない水昨日から日常にいる

こばむべきものなにもなくバスの中スタンションポールぎゅっと握りしめ

緩慢な死をひとつ　自動販売機から出たカードはあなぼこだらけ

天金の辞書踏み台に夏服を探す理由はない意図はない

湯上がりの汗引くまでのしばらくをあてのない予感を待っている

ラ・フランス

終《つい》の食卓　形のわるい枝豆になぜか塩味を効かし忘れて

替えるべきシャツ今日もまだアタッシェの底はてしなき距離の先の死

066

器たる自負持てぬまま日暮れゆく街に麦酒《ビール》を呷る　おまえだ

禁煙の文字くろぐろと白壁にあり否まれて否まれて人

ミートパイ　切り分けられたそれぞれに香る死したる者等の旨み

うつくしく生きよ　見上げる青空を縦横無尽に走る電線

ついに不発の炸薬なるか甘受する生活それも楽しきなどと

ラ・フランスついに熟れ切る時を知ることもできずに、ましして待つさえ

大衆《マス》清くそして正しく終点のひととき清められたる車内

とるべきだ　ミルクの瓶のふた常にはがし損ねた日々をもろとも

任意より撃たれるべしとうなだれた首より入る地下鉄のドア

誘蛾灯ともる真夜すぎ人型に惹かれるまでもなくて　入るか

ドン・ファンを気取るなよ馬鹿白銅貨三枚ほどを握り締めつつ

顔のない少女のひとりあゆみ来て葵みのりと名乗り出でたり

ワザ、ワザ、ワザ。業のつらなる極彩のヴィジョンに気圧されたる、ことにする

ファンタジア今宵の夢のはたてには立たぬ程度の少女選びて

カセットを入れその刹那受像機に映る青色　その青苦く

早送りの時のただなか声もなく少女悍馬のごとく上下す

受像機に映る裸体の少女への距離あまりにも遠し　霜月

殺されてゆく者等には哀れみを……否薬味盃ぐいと引き寄せ

方法的錯視のゆるき快楽かなかぼちゃならざる群集とともも

埋み火を抱くがごとき夜半過ぎの空より空《くう》へ移る想いよ

恃むべき思惟のあまりに細ければなおも削らん血しぶくまでを

遺産《レガシー》配当に恃み生きるも愉しけれされどわが征く曠野如かず

装飾音符美しすぎて旋律を覆い尽くさんばかりの響き

不在地主のふいに来たりて根こそぎに柔き新芽を刈り取りにけり

永遠の夏休み

長き夏の日の翳りゆきうす赤く染まる世界のなかに二人は

西日満ちるバスルームにていつもとは違う景色を厚き背中に

ここちよき頭蓋の丸み確かめるように力を強く弱くと

ふざけあってかけあう水のつめたさの先にぬくもるあなたの背中

熱き油漏れでるようなここちして器官としてのかなしみ思う

器官《オーガン》のゆるく擦れ合う音のしてあわいを紅《あか》き西日が抜ける

はなれゆく心地したりき快楽のためにかたちを変えたる時に

猛禽の姿にも似て性戯《ゲーム》とはいかなる丘に棲みいる獲物

いきそうになったら言ってわたくしとおんなじ destination のひと

薔薇のごとき箇所を晒している少女／衝動をただ待てよ歌人《うたびと》

rock bottom

虚構さえ憂き空に雨　ことばもて彼らは切り裂かれたるを知るや

最終のことばを吐いたそののちの腹部を裂いたような朝焼け

とびきりのロック・ボトムを喰らわしておくれよあした審判の日に

世界とはあまりに高き熱量をもてみみたぶを切り落とすもの

被害者の少女／生前の顔受像機に／悲しきまでにうつくしくなく

喩にあらぬ　過剰なまでの物語携えたまま死にゆけばいい

角度までつきつめてゆけ透視図のパースの狂い逃さぬように

目隠しで投げるダーツの針のよう射抜くならきみの脾臓がいいな

082

幼な子の手をすり抜けて風船はゆらりとゆれて、　ゆらりと宙《そら》へ

断念の色は黄の色幼な子の地上で最初に出会った黄色

幼な子よ案ずるなかれ希望とはかくもたやすく昇りゆくもの

その黄色き風船を手にすべきかは大いなる今日の問いかけにして

手を伸ばす　願いはいつか円形のかたちとなるが手は届かずに

風船はやがて空へと昇りゆく　救いにも似た黄の色を持ち

満月と見紛う黄色い風船が浮かぶ　狂えぬものとはぼくだ

不意に目の隅を横切る黄の色とともにわずかな意図さえ浮かぶ

日常の消失点を待ちわびている風船の導く先を

打ち落とすべき標的が浮かび来る黄の色を射よ日常を射よ

結語への遠き道行き風船はいままだビルのなかばのあたり

くちづけて不意に目をやる高窓の黄の風船の、ように愛そう

いつまでも測りかねてる風船と僕と君とを隔てる距離を

弔砲と思い見上げる午後零時。青空。それも風船が飛ぶ

物憂さに箸を休める昼下がり救いよ来たれ黄の色をもて

救いではない　黄色い風船を輪ゴムの銃で撃ち落とすのだ

ビルの上飛び降りかねて見る空を風船が飛ぶ高処《たかみ》をめざす

088

危険信号《ワーニング・サイン》と思う風船の黄色い色をあえては見ずに
生活のいつか消えゆくその時に風船よ飛べ青空の下
屋上の高さにとどく風船の黄の色の消えゆくを見ていた

果てにいる

開演の前に　代役《アンダスタディ》ひとり下手にて捕えられたと言うが

数として生まれ割られる分母より細きラインで隔てられたまま

アド・バルーン引き下ろされる夕刻の住宅展示場　果てにいる

機関車のあとにしたがう貨車ひとつふたつ　意外なほどの短かさ

タンシチュー嘗めつつ思う言葉《ことのは》を禁じられたる牝牛のことを

日常よさようなら血眼になるほど生活は致死的であったか

蹂躙がない　やわらかな菓子パンのそれも一番やわらかな場所

信号が変わる間際の横断歩道　身を賭して駈けたか、人は

妹の婚姻に際し

今最後の分裂を終え原形質混じりあわぬ日が来た　おめでとう

Automatism

生きるなら生きよ個別に閉じかけのドア一人だけ抜け出せる幅

出口なし　それに気づける才能と気づかずにいる才能をくれ

殺精子剤年間生産量×××万t　そのあとにさえ断念はある

都市というオートマティズム思うとき料金所抜け、先に渋滞

歌い出す小神《プチ・カリスマ》の丁寧にmpegの中、歪められいて

階段を昇る少女の膝の裏、他者、他者たちはあまねく白く

意味あまた中空に浮く　花火大会に擾乱などを思えば

キャラメル・フラペチーノ飲み干す人濃度飲み干す人をつくづくと見た

表層を覆う皮脂その薄さなど北京ダックのようなかなしさ

絶唱と思う叫びが突然の咳で中断された、 あの感じ

吃水の深さを嘆くまはだかのノア思いつつ渋谷を行けば

前方に少女　眠りのただ中に握る袋に「義務などない《デューティーフリー》」と

はてしない円環ののちまた人が愛する者を衝《つ》かねばならぬ

消費せよ次なるnを　向こうから来る生活をただに微笑み

展望のない未来までシミュレイトしたくて暗い部屋に灯ともす

絶対に開かぬ角度で咬み切ったソースの袋のようだ　悲しい

あいさずに生きてもぼくのまわりにはフレンチフライの香りが残る

いつまでも変わらぬ明日をコンタクトレンズ外せばぼやける日々に

そののちの朝焼けの中日常に似た場所ばかり踏んで帰った

始発電車の入線を待つ朝霧に問ういつまでの執行猶予

brand-new age をただに待ちわびるぼくら広げた掌に傷はなし

ぼくたちはゆるされていた　そのあとだ　それに気づかずいたのも悪い

許されるならば切りたし春の日に「切れてるチーズ」を作った奴ら

正当な手続きを経たのちにさえ衰弱死という結末がある

このようである必要があるのかと問う特急の過ぎてゆく間に

あやまたず写せ世界を　コンタクトレンズを塡《に》める受苦のごとくに

終わりなき日々を気取るも日常は「ロウ」と「スマックダウン」の間

小さめにきざんでおいてくれないか口を大きく開ける気はない

Stylish century

ハラペーニョふりかけている君がいる　Ok, it's the stylish century

携帯電話のメモリを入れる指先に　Ok, it's the stylish century

ヒカンならモリモトタイラにまかせよう　Ok, it's the stylish century

１０００円のフリースはおる日曜日　Ok, it's the stylish century

鞍上の騎手手綱引くその時の　Ok, it's the stylish century

ひな子ちゃんそれじゃ ARIST TRIST よ Ok, it's the stylish century

コーヒーはブラックで飲むきみとぼく Ok, it's the stylish century

TO・KI・O とは JULIE が叫ぶ夜である Ok, it's the stylish century

CLICKでジャストシステム１０００株ね　Ok, it's the stylish century

そのツリー、１００円ショップでかったでしょ　Ok, it's the stylish century

アスパラガス模様に裂きあくまでも状況に肯う心算なし

生活を構築せよとある朝の冷たい水に顔を浸して

reproductive health と言うか地下鉄で眠る彼らのあいた唇

何思い祈り捧ぐかてのひらの携帯電話を見つめる少女

夜の教室　それぞれの生それぞれのペットボトルが机上に並ぶ

セツルメントの時だと思う電飾のふいに消えたる通りにひとり

落下する速度のままの三月は青　渦をなす真鴨は悲し

類的な存在としてわたくしはパスケースから定期を出した

国民はある夜生まれるかもしれぬ選挙速報ばかりを見つつ

労働としての今宵は千年の後にも残る負債に触れて

このままの世界にぼくはひとりいてちいさなくぼみに卵を落とす

飲食《おんじき》ののちの飲食　うずたかく積まれた皿のひとつを摑む

ヒトとして生きる訓練ならばこの混み合う車内も愛するべきか

等質な世界を愛す　駅前の昨日と同じティッシュ配りを

終わらない日常という先端を丸めた鉄条網の真中で

そのままの速度でよいが確実に逃げおおせよという声がする

平等に価値のない日々それならば裏声で歌うな華原

題詠　耳

たてがみのとぎれるあたり耳伏せてソヴィエトスターとおれを呼べ、とは

負けたのだ　任意にぼくは　ひろびろとした三叉路の中央にいた

ヴィトゲンシュタイン的転向のすずやかな敗北の色　きざす夕べに

ひょっとして世界はすでに閉ざされたあとかと思うほどの曇天

属性としての外部のなきゆえに今朝も鏡の前で戸惑う

ぼくたちが無償であるというのならタグのうしろを見てくれないか

こんなにも人が好きだよ　くらがりに針のようなる光は射して

おしまいに転げ出るのがスーパーカー消しゴムひとつであったとしても

III

1997

1998

花畑

いくつもの言明がこの地に降りる指し示すものなどないままに

なんらかのものであることそのものであることここにあるということ

あきらめることだねきみのまわりには秩序が透き間なく繁茂した

いつもどこかにある中心者に見つめられながらぼくらは生きてゆく

語られるもののすべてを手にできる言明のすべてをこの場所へ

未だこの手に触れもみぬ知の薫り綴ることばを透き流れ来る

知よここに降り立て惑うことのない日々を遍く振り蒔いてゆけ

問いかけることを止めない堆《うずたか》く積み上がる知に重みなどない

知の実落ちその下に御器嚙りのみ這い回る花畑よ出でよ

まがまがしいほどの過剰がうず巻いている存在証明を持たぬまま

変化することのないままぼくはこの空間を占め続けてはいる

知には土くれを鼻高々の奴らに土くれを投げつけてやれ

くちびるのうらがわに膿たくわえて肉芽は今日も肥大し続ける

理解とはなにかぼくにはわからないわからないことだけわかるけど

変容の時を待つこのよどみ無き時の流れの中絶望的に

I wish you a happy

かちかちと刻まれるダイアルの音状況を包むコードが変わる

キャンディーはゆっくりと溶けてゆくこのよどみない時の流れの中で

昨日から今日へそしてまたあしたへ跳躍もなければ変容もない

行ないの連なりの列とめどない反復昨日へ今日へあしたへ

ばらばらのままでI wish you a happy!　イノセンシアリズムの流布する場所で

柿の実のふたつかみっつを採る誰もいない世界のまんなかの樹の

とりあえずこの場に置いた石ころを世界の中心として定義する

わかりやすさを打ち破れ理解には甘さも柔らかさも付随しない

さようならことばたち対応項を失った空集合たちよ

全体を蔽いすべてのまなざしをそらすもの　ことばはそのものだ

問いかけよさらばすべての疑問符は深きアーカイブへと閉じ込め

意味というなにか胡散臭いもの見るような目で一瞥をする

symptom

表層にあらわれている symptom だけが真、それ以外ならば偽
理解せよ知は彼方ゆく方舟の深き荷室にあるのではない

なんらかのことが起きなんらかのことが起きないあるいはなにも起きない

塵ひとつない平方の空間を整序され尽くされた事物が

示し出されたもののみでサンプルはなく照合は行なわれない

純正のコピーが街のすみずみを透き間なく埋め尽くすまでには
われわれにとっての意味、というなにか限定された領域の中で
数えたり語ったりしなければならないのだろうかこの空間を

安全剃刀が立ち並んでいるような関係だけが張りめぐらされる

あたりまえのようにしつらえられている舞台装置の持つやわらかさ

網の目のように張りめぐらせてある警報装置が鳴りはじめている

ありふれたことばを吐くな一切の覚悟もなしのことばを吐くな

ひとことですべての闇が消えるかのようなデマゴーグが流布している

ありうべきことばの法衣その下にある無根拠な存在仮定

マニュアルのとおりに解読されているわかりやすさという物語

意味という病行為の合理化のため。ただ保菌者は少ないけれど

完全なことばを生もう永遠にことばを使わなくて済むような

ひと息で飲み干すつめたい透明な水のようにことばが生まれてゆく
述べられていないものには意味がない沈黙の向こうにはなにもない

オペレーションシステム

黒塗りの箱につないだキーボードから文字列を入力しよう

ＩＣに焼きつけられていることが起こるそれ以外は起こらない

ウエッブの中で誰もがとりあえず平等だという条件の下

デリートのスイッチに手をかけてその瞬間はどの回路が知るの？

スクロールする速度ならもう慣れた加速するのはシステムとぼく

オリジナルらしさを組み立て上げているオペレーションシステムはなんなの？

閉じた回路の中自分の似姿を追いかけてまたもとの居場所へ

スウィッチを消せばいい賛成するもしないもないよ回路を切れば？

剝き出しのまま投げ出され一切を手にしなさいと言われたあの日

常にくじを引き続けなさいそして常に当たりのくじを引き当てなさい

つらぬいてゆく視線そのはてしないプラトーを抜け消失点へ

ゆっくりと留め金が外れる音がするパラダイム変換の時の

変容のための触媒ぼくの手の中にあるこのみどりの粉の

終末の時あるいは幾千かこの場でつづられた問いかけの果て

まっしろなカンバスの上想定として消失点を書き込む

粘膜の上を空滑りしてゆくひとかけの擦過傷を残して

あやまたず意味はあまねく射るまるで動物園のエイプのように

そうでありなおかつそうでしかないと思う、 ここでは牛乳を飲む

意識などしてはいなくてべつにこの手にはなんにも持っていなくて

示されるものそうここに示されるものなんらかのかたちを持った

想定としての特異の点（点はひろがりのない存在である）

明日また通用するかはわからないカードは夕陽が沈む前に切ろう

少女性のようなものを店先でＰＨＳの料金払うみたいに

※

ゆらぎつつある煤煙のその彼方鈍なる色の尖塔を指し

やがてその戸は放たれる終点に着くまでの間に幾度となく

うつくしき八月この日雲ひとつそして瑕疵ひとつなき青天

ちりぢりになりゆかむこの清らなることの葉のまじはりしそのあと

手にせしはそのみづからの頸を絞むるものなれば笑みつつ運び行く

舗装路《マカダム》のうへなるイコン踏みならす歌声とほく耳にしてをり

したり顔する　価値を裏返すことなど簡単さねえ桜井君

とりあえずことばはここに示されているでも見なきゃいけないんだっけ?

秩序　そう今日だって君は右足と左足を使って歩いたじゃん

わからないのならばしかたないですねとりあえずは信じておきなさい

理解する必要はないと出発の前にバスガイドが言ったじゃない

シミュレイトしましたあとは箱詰めの部品をそこに置けばいいです

想定としての無謬の空間のなか笑顔までイノセントだね

○

耳鳴りが日常となるようにこの不定愁訴に慣れ始めている

不完全さにとどくはず耳たぶを嚙みしめようと思って止めた

残余などあり得ない　でも今日は午後休んで野球を見に行きました

空白《ブランカ》？　いやブランコゆっくりこいだあと惰性にのって飛び降りたけど

木製の銃でデコイの水鳥を撃ち抜いた、　って感じがしたね

ドーナッツひとつの濃度たぶんぼくよりはひとけた少ないはずの
やわらかいチーズケーキのようなもの底にはビスケットが敷かれている

※

祝祭を待ちゐる子らの目のうちに明滅をせる緋の作為あり

南天の実の花束の二つ三つ雪降る雪の日に何を待つ

ふと見やる窓外に雪　必要とされぬものみな視線を乞はず

我はこの無数の中の何ならむ不意にヴィオラの一絃は切れ

※

立待の岬へ向かふ道は墓また墓半ば雪に埋もれて

十字街*　黒衣の兵は見えねども電車は信号待ちに止まりき

*十字街＝函館市電の停留所名

客の無きパブ　粉雪舞ふ中に立つ看板にただAFFICTIONと

陶冶された記憶など無い噴火湾望む車窓は波さへ見えず

ファレノプシス

※

救い主の出でる由なき日曜日洗礼者《バプティスタ》とふ牝《うま》新馬勝ち

閉ざされし部屋出づるべきものは無し聖なる光より隔たれて

注がれし湯の面ゆらゆらとしてロンドン橋は落ちにけるかも

PARCO出でしのちの検問あづさゆみ春まだとほき曠野に霰

搔き上げし黒髪刹那生るものは幻視宇田川町の路地裏

友に子が生まれしといふ妹のお喋りな口変はらぬ口の

払ふべき雪のわづかに残る肩熟れしオレンジひとつは落ちて

写像《イマージュ》しづかに開花したりき雑踏に胡蝶蘭《ファレノプシス》といふ名を聞きて

セニョール・エスコバルに

※

YES! OR NO! OR NO!! OR YES!! OR YES!!! ジョホールバルに朝焼け

ふらんすに行きたしと思へどもふらんすはあまりに遠し　テレビを見よう

天才といふは安かりはすかひにパスを出したるをとこは天使

置き去りにされしみどり児泣き声を上ぐる間もなく旗は振られき

おもはざる者は去ぬべし理知をもて彼の空隙を占めよパッサー

悲しき目しつつ飛びけむ悲しきは悪意《マリーシア》とふ原罪なれど
巻き戻すべき自殺点幻影にあらずまた君殺められしも

偽十七回忌

※

火の点きのわろき燐寸を擦りにけり彼岸ののちは十七回忌

ああ既に十六年は過ぎにしか父の背丈の少女が横切《よぎ》る

茅茂る地へと赴く父と母と子供三人　昭和も日暮れ

擦れ違ひし車はオート三輪であつたよ境界人《マージナル・マン》の記憶

バーボンの瓶には半ばバーボンが残りて命日恙《つつが》無く過ぐ

父ならぬ長髪の男父なると思ふゆゑにかことばは掛けず

＋

惹句《コピー》とは何人の写し絵特売の値札値札の上に貼られき

怒りみなうしろに吐きてひとときも目を上ぐることなきホルン吹き

殺意否黒蟻を見る視線なり夜いらいらと筍を煮る

つるされしものらまあかきひかり射すしじまに生れし薄墨色の

まなじりに映るは淡き尾を引きて議事堂にとどかざる弾頭

砲撃ののちみずからの熱をもて干上がれよ街否東京よ

皇帝の忌日濠端には赤き消防車来てどどと水吸う

朝、窓の向こうには兵幻影の干上がるまでの数分を待て

粉雪舞う桜田通りどの空を見ても視界に尖塔が入る

平滑なものを射抜けよ弧を描くベイブリッジの先に霧雨

装置、 その暗き装置のあるゆゑに圧の渦巻きつつも東京

老翁と擦れ違いざま目を合わしたる記憶のみあるのが昭和

朱色の部分

その夏に時計仕掛けの亀頭立ち並ぶ駅前より旅立とう

精神は追い身体は追われつつビビアン・スーの朱色の部分

みなぼくのいもうとである目を閉じているうちにpenisよ水底《みなぞこ》へ

双球を持たざるわれはいかにしてその冷ややかな域掻き乱す

どうせその皮膚の下にはカスタードクリームだって入ってないし

言明言明内壁をするどく削る精液言明言明言明

よいよ、　いや良いよきみには身の赤き無花果さえないそれでも良いよ

そして朝十二の春の精通ののちの晴れ上がりはなお続く

金鉱床

還らないからね彼方にあるぼくの金鉱床をみつけるまでは

もっと速くもっと速くきみを同定する力から逃れ駆け出せ

現実という語に甘い糖蜜がべっとりとなすりつけられている

システムの中に契約されて縛られたきみの姿が好きだ

完全にましかく切り取ったあとさえ見えないような青空ばかり

サンプルのない永遠に永遠に続く模倣のあとにあるもの

安寧のための装置化フェイルセイフ完備の温熱機の中の生

自覚症状のないままゆっくりとふしくれだっていく皮下組織

口実として解釈の場に不在だった、　ということなら許される

ぼくたちはこわれてしまったぼくたちはこわれてしまったぼくたちはこわ

編集後記（雁書館版）

中澤系さんは昭和四五年九月二二日生まれ。早稲田大学の第一文学部を卒業している。専攻は哲学で、これは彼の作品の素養の背景をなしている。中澤系さんの「未来」誌上での活動期間は約四年半である。はじめ本名の中澤圭佐で作品を発表していたが、九八年の四月から中澤系というペンネームに変わった。

中澤系さんは、一九九八年の「未来賞」受賞作の一連「uta0001.txt」によって、われわれの前に衝撃的に登場した。中澤さんが「未来」に参加したのは九七年一月で、同年の六月に開かれた岡井隆による若手対象の研究会に名前が見えるから、その成長ぶりは急速なものがあった。ちなみに六月の参加者は、岡井隆のほか、池田はるみ、江田浩司、大隈信勝、さいかち真、高島裕、中澤圭佐、東直子、村上たかし、「未来」以外から大野道夫、三井修のゲストを加えて計十一名であった。中澤さんは九七、八年頃に岡井門下に輩出した若手歌人のえり抜きの一人だったのである。「未来賞」受賞のことばは次のようなものだった。

「正直言って驚いています。初めての作品が掲載されたのが一月、批評会に呼んでいただいたのが五月と、まだ短歌に関してはあまりの若輩者である私がこんな立派な賞をいただいていいのだろうかと、本当に驚いています。おそらく今回の賞は、今後短歌の世界で精進していけよと、どなたかが配剤してくれたことだと思います。」

中澤さんは、一九九七年からほぼ毎月欠かさず十首ずつ岡井隆選歌欄「曲がれる谿の雅歌」に作品を出し続けていたが、二〇〇一年八月号以後、ぱたっと作品を出さなくなった。病気入院のため、ということであった。二〇〇二年の六月号と七月号に載った作品が最後のものだった。

二〇〇三年の夏に中澤さんの御母上中澤玖衛さんから私のところに連絡があった。そこでやっと本当の理由を知ることができた。彼は進行性の難病（副腎白質ジストロフィー）のため今は自分の意思表示もままならない状態であるということを知った。その時に本集の刊行を依頼された。

本書は三部をもって構成する。第Ⅰ部は作者自身が考えていた歌集の前半部分である。本人が作っていたインターネットのホームページ上に「糖衣」というタイトルをつけた歌集のための完成原稿が一部公表されていたので、これを決定稿とみなし、第Ⅰ部とした。そこには「未来賞」受賞作の一連と、受賞後第一作、それから一九九九年の一年分の作品が整理されていたのである。二〇〇〇年から二〇〇二年までの作品は、第Ⅱ部とした。一九九九年以前のものは、習作という意識が本人にはあったと思うので、ところどころ思い切って削り、第Ⅲ部としてまとめた。はじめて中澤さんの作品を見た時は、その新奇な作風に一驚したものである。私には第Ⅲ部に愛着を感ずる作品がいくつもある。第Ⅱ部と

第Ⅲ部の作品の取捨の責任は、すべて私にある。念のために言っておくと、明らかな誤字を正したり、一部の表記を整えたりしたほかは、作品には一切手を加えていない。あとは旧仮名遣いで発表された作品があることも注記しておきたい。それから第Ⅱ部末尾の二〇〇二年の作品は、病が進行してからの作品であることをことわっておきたい。

一集の巻末の歌は、作者の現在の境遇と思いあわせてみると、とても単なる偶然とは思えないのであるが、できあがってみたらこうなっていた。でも、この歌集は残るのではないだろうか。私は、この一冊が多くの短歌作者に示唆を与えるものであることを願っている。中澤さんの第一歌集は、不幸にして作者自身の手によって編まれなかったが、まぎれもない実験的な作品集となるべきはずのものであった。

本書の集名は加藤治郎さんの案により、「未来賞」受賞作のタイトルを用いることにした。解説の執筆を引き受けてくださった岡井隆先生と栞文の執筆を引き受けていただいた穂村弘さん、加藤治郎さん、佐伯裕子さんに心よりお礼を申し上げたい。そして何よりも、病床の中澤系さんの一日も早い回復を願ってやまないのである。

二〇〇三年一〇月二〇日

さいかち真

解説（雁書館版）

岡井　隆

中澤系さんの歌集のために

さいかち真さんの「編集後記」によると、中澤系さんが「未来」に加はつたのは、一九九七年一月といふから、七年前のことだ。そのころ「Rue・首都の会」といふ小会合をやつてゐた。たぶん、その時に初めて中澤さんに会つた。

中澤さんは、先づ、大きな身体の男であつた。それなのに声は小さく、少し吃音気味に早口に話した。総体的には、寡黙で、しやべるのは下手で、歌の批評なども、同じことを考へ考へくりかへしたので、きいてゐてじれつたくなつた。しかし、あのころの若者たちは、揃つて、話すことが嫌ひのやうに思へた。高島裕さんが、この一群の中ではリーダー格だつたと思ふが、高島さんとて、いはゆる能弁からは遠い。みな、ゆつくりと少量づつ話した。
一番困つたのは、個人的に「あなたは今、なにを読んでゐますか。今までどういふ経歴をへて短歌を作つて来ましたか云々」といつた話し合ひの成立しないことが多かつたことである。だから、中澤さん（だけでなく）についても、人の噂できいてゐただけである。出身校なども、今度「編集後記」を読んで初めて知つた。また、そこが、あのころの若者たちの、おもしろいところでもあつた。なんとなく謎ぶくみであつた。中澤さんは、なにか公共団体の職員のやうな仕事をしてをられたやうに聞いてゐたが、哲学専攻だつたとは知らなかつた。

かみくだくこと解釈はゆっくりと唾液まみれにされていくんだ
キャンディーのいくつか平行世界《パラレル》ではたぶんつまみ上げられなかったほうの

かういふ歌の「解釈」とか「平行世界」といつた用語も、たぶんポスト・モダンとよばれる現代フランス哲学や、ウィトゲンシュタインなどの用語と、作者としては連繫して使はれてゐる筈だつたのだらう。さういふ知識などなくても、人間の抽象的思考、いはゆる〈知〉のおもしろさを充分感じさせる。短歌といふ詩のよさは、さういふ抽象的思考と、キャンディーや扇風機や唾液といつた物とからませて表現できるところにあらう。

破瓜の時ファルスは躊躇することがない変化とは変化であって
ぎりぎりの場所など想定しなくてもいいプルトップなら開けられる

かういふ歌の、とくに句またがりを口語調によつて活かした作法は、もうこのころ一般的になつてゐたのだらうが、それぞれ、相手が抽象的思考となると、なかなかおもしろい味を出すことになつた。

牛乳のパックの口を開けたもう死んでもいいというくらい完璧に
駅前でティッシュを配る人にまた御辞儀をしたよそのシステムに
戦術としての無垢、だよ満員の電車を群集とともに下車する

さういふ意味では、中澤さんの思考は冴えてゐたし、文体の上でももつともラディカルなところに居た。

吃水の深さを嘆くまはだかのノア思いつつ渋谷を行けば
そののちの朝焼けの中日常に似た場所ばかり踏んで帰った

このあたりが三年前の歌である。そのあと、中澤さんの歌は、急に崩れはじめた。送ら

れて来た歌稿の字も、乱れ勝ちになつた。内容も、とりとめのない独り言めいて来た。まつたく何を書かれてゐるのかわからないやうな、メモめいた歌もあり、定型が守られなくなつた。わたしは、この人の才能をふかく信頼してゐたので、この突然の変貌におどろくとともに、惜しいと思つた。その原因をきいて知つたのは、大分あとのことだつた。

「未来」のホームページの最初期を担当してゐたり、「Rue・首都の会」の事務をひきうけてゐたりしてゐたころがあつて、やがてそれもうまく作働しなくなつて、周辺からも不審がられるやうになつた。わたしも、残念に思ひながら、交替も止むをえないかと思つたりしてゐた。それも、このころのことだつたのだらう。

あれから、かれこれ三年経つて、母君のご意志もあり、さいかちさんの努力もあつて、この歌集が出る。わたしは、ちよつと、言ふに言はれぬ心境で、腕をこまねいて、ゲラをみたり、天井を仰いだりしてゐる。歌人は大てい長いマラソン競技に出るのだが、中澤さんの走りは、まだ始まつたばかりだつたのである。

別刷り

栞

（雁書館版）

穂村　弘

加藤治郎

佐伯裕子

未来の声

穂村　弘

3番線快速電車が通過します理解できない人は下がって

初めてこの歌をみたとき、「理解できない人は下がって」の部分が真っ白に光ってみえた。不安な閃きに驚きながら、私は、ああ、これは完璧かもしれない、と思った。心の奥で誰もが知っていて、けれど誰も触ることができなかった「そこ」に、この歌はたぶん完璧に触れてしまっている。

3番線快速電車が通過します

現在の日本で、このメッセージを「理解できない人」などいない筈だ。勿論、私も理解できる。ところが、続けて

理解できない人は下がって

と、云われたとたんに強い不安に襲われる。さきほどのメッセージを、自分は本当に理解できていたのだろうか。

私の知る限りでは、「3番線快速電車が通過します」というメッセージを「理解できる人」が、ホームの内側に「下がる」のである。それがこの世界のルールだった筈だ。

では、「理解できない人は下がって」とはどういうことなのか。快速電車の通過を仮に理解できなくても、危ないから、あなたのためだから、とにかく「下がって」と、告げて

いるのだろうか。もしもそうならば、その親切な善意の声に対して、こんなにも不安な気持ちになるのは何故なのか。

うまく表現できないのだが、例えば、それは「理解できない人は下がって」が、未来から聞こえてきた声だから、とは云えないか。

今、それが「理解できる人」であっても、進化や変化や崩壊を無限に繰り返す世界のルールを永遠に理解し続けることはできない。どこかで必ずついていけなくなる日がくる。誰もが未来のどこかの地点で、世界から「理解できない人は」と告げられることになる。「下がって」と。

そして、その日は今日かもしれない。スターバックス・コーヒーのカウンターで、小銭を握って飲み物のメニューを眺めながら、そこに「コーヒー」も「紅茶」もみつけられなかった日のことを思い出す。にこにこと微笑む店員を前にして、メニューが「理解できない」私のあたまのなかは真っ白だった。店員の口が動き、優しく何かを話しかけてくれたようだが、私にはもはやひとこともその意味が理解できないのだった。
中澤系の言葉は、巨大な生き物のような世界のシステムを高感度に捉え、その無数の触手に絡まれ撫でられながら真っ白になってゆく人間の姿を描きだすことに成功している。その徹底度は比類がない。

街中に流布したルールそれはそのルールのためのルールであった
駅前でティッシュを配る人にまた御辞儀をしたよそのシステムに
牛乳のパックの口を開けたもう死んでもいいというくらい完璧に
片方のドアを閉じれば片方のドアが開くようなシステムが
小さめにきざんでおいてくれないか口を大きく開ける気はない
世界とはあまりに高き熱量をもてみみたぶを切り落とすもの
雨、うすきテントを叩く外部とは徹底的に外部であった

194

生体解剖《ヴィヴィセクション》されるだれもが手の中に小さなメスをもつ雑踏で

プラスチックの溶けた滴をしたたらせひとりひとりのキューピーの死よ

夜の教室　それぞれの生それぞれのペットボトルが机上に並ぶ

ちりぢりになりゆかむこの清らなることの葉のまじはりしそのあと

『uta 0001.txt』に、次世代のリアリズムを感じる。

utaのために

加藤治郎

ぼくたちはこわれてしまったぼくたちはこわれてしまったぼくたちはこわ

back to origin　1998.12

この唐突なエンディングは、強い印象を残す。途上にある中澤系の現在の位置を思うと、いっそう沁みてくる。そういったことを含めて、たぶんこの歌集の象徴的な作品として語り継がれるだろう。

ただし、作者の現在の境遇と重ねて読むのは、ちょっと違う。おそらく中澤系は、確信をもってこの歌を詠んだのだ。タイトルが示すとおり、続く一九九九年以降への展望があったに違いない。何よりここには、作者の短歌観があからさまである。短歌は容赦なく終わらせることができる詩型なのだ。そう語っている。それが「ぼくたちはこわ」という苛烈な切断である。終わらせることができる。そんな強い手段が他にあるだろうか。それを自覚した喜びから中澤系の歩みは始まったと言ってよい。そこに作者がこの詩型を選んだ根拠があるように思われるのだ。

「終わらない」ことは、この歌集のモチーフであった。

メリーゴーランドを止めるスイッチはどこですかそれともありませんか
uta 0001.txt　1998.1

終わらない　だからだれかが口笛を嫌でも吹かなきゃならないんだよ　同

緩慢な死をひとつ　自動販売機から出たカードはあなぼこだらけ　2000.1

絶唱と思う叫びが突然の咳で中断された、あの感じ　2001.1

終わりなき日々を気取るも日常は「ロウ」と「スマックダウン」の間　2001.3
終わらない日常という先端を丸めた鉄条網の真中で　2001.7

「終わらない日常」は、宮台真司からの引用だが、作者はそれを鵜呑みにしているのでではない。それも気取りだという判断を織り込みながら、中澤系のイメージとして展開しているのだ。

「先端を丸めた鉄条網」は、現代の管理社会のメタファーである。その強制力さえも骨抜きになっているどうしようもない状況を詠っている。「緩慢な死」としてのあなぼこだらけのカードも同様である。自動販売機という日常的な事物も、作者の眼には現代のシステムの一部として映っているのだ。

この緩慢な日常において絶唱は成立しない。悲痛な叫びも誰かの咳で中断されてしまう。「あの感じ」は、常に不全感の中で生きるほかない絶望の呟きなのである。

この歌集は、現代のシステムに真向かった果敢な試みに充ちている。終わらない日常に短歌という詩型で決着をつけることができるか。中澤系の投げかけた問いは、現代短歌の未知の領域に続いている。それは多くの歌人に継承されるだろう。私自身、彼の仕事に強い刺激を受けてきた一人なのである。

○

中澤系は「未来」の後輩であり、「ラエティティア」というグループの仲間であった。彼はインターネットの浸透を象徴する歌人であったと思う。実に生意気で、つまり才気走った男で、打てば響くような存在だった。それはネット上のキャラクターだったのかもしれない。『昏睡のパラダイス』の批評会ではデジカメを手に場を盛り上げてくれた。言うことは言うし、やることはやる。そんな印象がある。【歌葉】のスタートに真っ先に鋭いコメントを送ってよこしたのも彼だった。

いま、手もとに「uta0001.txt」のコピーがある。未来賞の選考に際して配布されたものだ。この一連に遭遇したときの興奮が蘇る。中澤系には「uta」という新しい領域が見えていたのである。

焦燥感に満ちた口語歌

佐伯裕子

中澤系さんのこれまでの作品を通して読んで、ふかぶかとした懐かしさと寂しさに襲われた。青年特有の気難しさを漂わせていた中澤さんの姿と、彼の登場した一九九八年前後の時代の難しい雰囲気が、ないまぜになって浮かんできたのである。「未来」誌上で読んだときには見えなかった作品世界、それが、青年の若さが纏う矜持に引き裂かれたものであったことを知った。歌は、若さの苦しみに満ちており、あまりにも不可解な世界を素手で摑もうとする焦りと、青春期の性の苦さを、性急に率直にうたっていた。

3番線快速電車が通過します理解できない人は下がって

かみくだくこと解釈はゆっくりと唾液まみれにされていくんだ
ガラス窓ごしにあなたは声のないじゃあ、ねを言って立ち去ったはず
中心で焼かれる牛の脊椎の白さよゆるく海風が吹く
世界とはあまりに高き熱量をもてみみたぶを切り落とすもの
このままの世界にぼくはひとりいてちいさなくぼみに卵を落とす

どの歌も、わりあいに軽く乾いた口調で作られている。だが、八〇年代の陽気で快い口語から、遙かに気難しい時代を思わせる性急な口語へと変わっていることが分かる。そういう点においては、中澤さんは、二〇〇〇年代へ向かう、新しい口語歌を切り開いた一人だったのではないだろうか。

引用した一首目は歌集の冒頭におかれている歌で、たしか未来賞に応募されたものである。「理解できない人は下がって」という言い方に、何か性急なものが感じられ、その焦

燥感がつよく印象に残っていた。一首全体が駅員のアナウンスのように作られているのだが、「白い線の内側にお下がりください」となるところを、見事に飛躍させている。

快速電車が通過するということは、ホームの人にとって危険なことなのであって、理解できるとかできないとかの範疇ではないだろう。それを、「理解できない人は下がって」という皮肉に変えてしまうのである。その、思わぬ飛躍に、わたしは、人間への深い焦燥感を感じとっている。「白線の内側に下がって」という注意より、ずっと熱量の高い根源的な忠告を発しているのである。

そのようにしてみると、二首目の、「かみくだくこと解釈はゆっくりと唾液まみれにされていくんだ」に潜むものも、危険な熱情といっていいのだろう。これも、「噛み砕いて言う」などの定番の言い方が土台になっており、その定番を引っ繰り返している。だが、皮肉ではない。真剣に、世界を「解釈」することの、唾液まみれの悲しみをいうのである。言葉で言えば言うほど、物事はその本質から遠く汚れていく。そのことを真に考え込むとき、作者は世界のただ中で身動きがとれなくなってしまうのだ。

「知には土くれを鼻高々の奴らに土くれを投げつけてやれ」「類的な存在としてわたくしはパスケースから定期を出した」という歌がある。まるでプロレタリア短歌を思わせるような、荒々しい怒りを社会にぶつけて作られたものだ。そうすることで、ようやく、類的なシステムのなかに送り出されて生きる自分を解放できたのであろう。我慢して我慢して、等質で退屈な日々を、むしろ愛しつつ生きようとするのである。そういう日々の憤怒が唐突に破れ出てくるとき、歌は「鼻高々の奴らに土くれを投げつけてやれ！」と叫びだす。

どこにも受け止められない生の熱量があって、それが軽く乾いた口語で口早に告げられる。あまりに激しすぎる熱情は、だれも受け止めることができない。だから愛に関するとき、歌は極端に繊細になっていく。「ハンカチを落とされたあとふりかえるまでをどれだけ耐えられたかだ」「あしひきのことばの死にも間に合わぬままむらさきのレシートを裂く」など、自意識の高い青年の鎧い方が透いて見えるようである。

こんなにも人が好きだよ　くらがりに針のようなる光は射して

このような優しい歌もところどころに置かれていて、まだ素裸の稚さが残っていることを伝える。類的な存在として生かされている日々の苛立ちと、そういう存在をむしろ愛しむ心、二つの間を大きく揺れ動く若く未完成な歌たち……、それが不思議に忘れがたい一冊となっている。

新刻版

増補

解説
甘受する生活が、来た

斉藤斎藤

中澤系は、なかなか厄介な人物のようだ。「気難し」く「生意気で、才気走った男」で、ネットでは「打てば響く」が、リアルでは「話すことが嫌ひ」。初版の解説や栞を読むだけで、このひととは仲良くできなそうだ、と思う。もしツイッターをやってらしたら、なんやかんやあった挙句に、おそらくブロックしてたと思う。

でも幸か不幸か、中澤さんとは面識がない。彼が書けなくなったころ私は短歌を始め、だから喧嘩もできずこの解説を書いている。彼にしたら、さぞ面白くないだろう。

3番線快速電車が通過します理解できない人は下がって

この歌には、ぶん殴られた。短歌で「神の視点」を書こうとすると、神様的なものにあこがれる作者の顔が透けてしまいがちだ。でもこの歌はそうじゃない。人の耳には聞こえないはずの、システムそのものの発する声が、たしかに聞こえてくる。

キャラメル・フラペチーノ飲み干す人濃度飲み干す人をつくづくと見た
街中に流布したルールそれはそのルールのためのルールであった
述べられていないものには意味がない沈黙の向こうにはなにもない
ありふれたことばを吐くな一切の覚悟もなしのことばを吐くな
完全なことばを生もう永遠にことばを使わなくて済むような

一首目、「人濃度飲み干す人」と、一字空けも句読点もなしにべったりと書かれている。にんげんとフラペチーノ、飲み干すものも飲み干されるものも等価な、システムの一要素に過ぎない。二首目、息苦しいまでのリフレインが、一首から抒情を追い払う。歌集を読み進めてゆくと、作者が〈システムの声〉の文体にたどりつくまで、言語と思索で徹底的に自らを追い詰めていった、その覚悟に打たれてしまう。

やわらかいチーズケーキのようなもの底にはビスケットが敷かれている
そとがわにはりめぐらせてあるあまい蜜をからめた鉄条網に
小さめにきざんでおいてくれないか口を大きく開ける気はない
空くじはないでもたぶん景品は少し多めのティッシュだけだよ

システムの出口は、ビスケットや蜜などの甘味で塞がれている。当時の空気を鮮やかに捉え切っていて、だからいま読むと、うーん、と思う。もちろん「システムの外部には苦い現実が広がる」的な認識は、脳天気にすぎるだろう。でも現在のわれわれには、システムの外側にはり巡らされた剝き出しの鉄条網が、ふつうに見えちゃってるんじゃないか。あれから日本はずいぶん余裕がなくなって、口を開けてても誰もどうにもしてくれない、空くじはある、ティッシュは全員に行き渡らない。

でもそんなのはもちろん、たまたま中澤さんより生き延びたわたしたちなら、誰でも言えそうな類のことだ。

ぼくたちはゆるされていた　そのあとだ　それに気づかずいたのも悪い
スローガンを叫び続ける生活が来る甘受する生活が来る

ゆるされていたぼくたちの「そのあと」を、中澤さんはすでに見ていたのかもしれない。

二首目、「スローガンを叫び続ける生活」の後に「甘受する生活」が来る、ということではない。それは同時にやって来る。抵抗の武器というよりもこの、じぶんを納得させるおまじないのような「スローガン」には、なんだかひどく見覚えがある。

震災があった、原発が吹っ飛んだ。もし彼が元気だったら、もろもろの事象に右往左往するわたしたちの肉声ではなく、日本というシステム自体の声で現在を詠ってくれてたんじゃないか。書かれなかったその歌を、想像してみることがある。

ぜんぜん違えよ、と、言われてしまうと思いますけど。

特別寄稿

告知される「蝕の時代」の始まりと、遠き未来の「新生」

——中澤系『uta0001.txt』十年ぶりの復刻によせて——

宮台真司（社会学者）

生体解剖《ヴィヴィセクション》されるだれもが手の中に小さなメスをもつ雑踏で

先日、池袋の書店に講演の仕事で出かける途中、夕方の池袋で、久しぶりに雑踏を歩いた。昔からのクセで行き交う女（や男）のオーラを読んでしまう。一九八〇年代半ばから十年余りテレクラナンパやデパ地下などを含めた街頭ナンパをしていた頃からのクセだ。

そうやって雑踏を歩くと、改めて人々の〈感情の劣化〉を感じ取ることができる。互いによけ合うことをせずに突進したがる者。連絡事項もないくせに気ぜわしげにスマホをいじる信号待ちの者。さしたる用事もないくせに歩行速度の遅さに苛立つ者……。

誰も彼もオーラが防衛的で固く、その周波数を感じるたびにヒリヒリしてしまう。いつからこんなふうになったのか。僕が不特定を相手にナンパをしていた八〇年代半ばから十年間は、こんな経験をすることはなかった。

ナンパをやめたのは、テレビ番組や雑誌に顔を晒すようになってからだ。街路を歩いていても高校生や大学生の女子たちから「あーっ」と指をさされるようになった。雑誌「噂の眞相」に何度も書かれてきてはいたとはいえ、重ねて墓穴を掘りたくなかった。

というのは表向きの理由で、本当は僕の中で何かが途切れた。ワークショップなどで数多くの男たちを観察してきた経験から言うと、街頭ナンパは長くても五年で飽きる。中澤系の表現で言えば「類的な存在」であることに倦むのである。

僕は、「入替可能な存在」である自分にも他人にも内発的に関心が抱けなくなった。このさき何を積み重ねても既知性の反復。ならば記憶の引出しから素材を取り出し自慰行為に耽る方がマシ。内発的関心を学問的関心へと置き換え、フィールドワーカーに転じた。

街頭ナンパはしなくなった。だが、すれ違ったり信号待ちで横に並んだりすると、「この人だったら、こんなふうに声かけしたら、こんな表情をして、こう答えるだろうか」と、数十秒を一秒に圧縮してシミュレーションしてしまう。その無意識のクセは抜けない。

そこまでしない場合も、行き交う人それぞれの顔に、目が合っても少しも動じずに意識を置く。すると、人々の意識が僕の中に、入っては抜け、入っては抜ける。しばらくすると僕自身の意識が遠ざかり、僕の身体は人々の意識が通過する器のようになる。

僕は、個々の女や男のオーラを読むというより、そうやって街のオーラを読んでいたのかもしれない。そんなゲームを三十年続けてきた。本を読むのと同じで、街を読むのは、たとえヒリヒリしても、興味が尽きない。だからクセをやめようとは思わない。

あきらめることだねきみのまわりには秩序が透き間なく繁茂した

長く続けていると、街のオーラが集合的に変遷していくのが分かる。僕がフィールドワーカーに転じて街の女子高生に声かけし、援交する子を見つけて話を聞いていた九〇年代前半。街には微熱感があって、女子高生だけでなく、誰もが熱に浮かされていた。

こうした微熱感は七〇年代後半のタケノコ族の頃から二十年弱続いた。街の微熱感がなければ、僕も、女の子たちも、熱に浮かされなかったろう。僕がナンパ師になることもなかった。僕の記憶では、女の子たちというより、街とまぐわっていたようだ。

その微熱感も、九六年を境に失われた。援交する白ギャルに代わり、援交しない黒ギャルやパラギャルがセンター街やマルキューを席巻するようになる。それでも残った最後の微熱感が二〇〇〇年代半ばからの東京ガールズコレクション（TGC）に感じられた。

初期のTGCを演出していた天才デザイナー渋谷範政氏と懇意だったのもあって、NHKの「東京カワイイWARS」という番組を企画立案した。企画は実って、その後もシリーズ化されたが、二〇一〇年代に入る前に「無垢なパラダイス感」が完全に消滅した。

言い換えれば、九七年から街を急に覆い始めた抑鬱感が、十年ほどの間に隙間なく全域化した。同じく、過剰なものを「イタイ」と名指して縮まり合う作法が、若い人の間で全体化した。僅かに残ったアジールはネットでは探し出せないように〈見えない化〉した。


終わりなき日々を気取るも日常は「ロウ」と「スマックダウン」の間

中澤系が短歌表現を始めたのは、こうした「蝕の時代の始まり」においてである。彼の表現期間は、九七年二月から九八年一二月までの一年に満たない習作期間と、九九年一月から〇一年八月までの三年に満たない本格期間。「蝕の時代の始まり」と完全にカブる。

同じ期間、僕はナンパどころかフィールドワークからも退却していたが、親しい教え子や編集者や読者の自殺が重なり、九九年から鬱状態に陥って、やがて伏せった。床から出られるようになってからは、石垣島の今はなき底地浜の安宿に籠った。

曲がりなりにも動けるようになったのは〇一年夏からのこと。僕にとって九七年から〇一年までは個人的にも「蝕」だった。街から微熱感が消えた「蝕の時代の始まり」と、個人的な「蝕」が重なっていた。九七年から〇一年までの中澤系の活動期間に重なる。

だから、中澤系『uta 0001.txt』(雁書館、二〇〇四年三月刊)の目次に目を通した途端、一瞬眩暈がした。恐るおそる時系列で――Ⅲ→Ⅰ→Ⅱの順で――読み始めると、記憶の怒濤が引き金を引かれ、しばし時間感覚を失う変性意識状態に陥った。

はなれゆく心地したりき快楽のためにかたちを変えたる時に

八六年に岡田有希子が投身自殺をし、死体の頭蓋が割れて流れ出た脳漿が歩道に飛び散る様が写真誌に掲載された。その後一年ほどの間、周囲が悩みの存在を想像したことすらない少女らが、お便り欄で前世の名を手掛かりに仲間を募り、屋上から続々飛び降りた。

僕はテレクラの中からこのニュースを観ていた。ラブホのピロートークで多くの女の子の口から自殺念慮を聞いた。僕は〈性愛に乗り出せないがゆえの悩み〉が〈性愛に乗り出したがゆえの悩み〉にシフトしたことを理解した、というよりも改めて再確認した。

歌手の岡田有希子は三十歳以上離れた男との恋に破れて自殺した——これを真に受けるのは単なる頓馬だと思った。彼女が性愛に乗り出し、どれだけ傷ついた上で、父親よりも年長の男に焦がれたのだろう。僕がナンパで出会った子らはそのことに鋭く感応していた。

七九年に創刊された雑誌「マイバースデイ」で、容姿などリソースに恵まれない子らが、代替リソースとしてのオマジナイに思いを託した。それが、八五年秋のテレクラ誕生を境に、どんな子でも一本電話しさえすれば六〇分後に誰かとセックスできる状況に変わった。

3番線快速電車が通過します理解できない人は下がって

同じ七九年創刊の雑誌「ムー」のお便り欄は八六年の自殺事件を機に前世の名を手掛かりに自殺仲間を探す媒体になった。それに共振して自殺念慮を語る子らは、自死したいというより、生きることと死ぬことの間に違いを感じないというボンヤリした感じに覆われていた。

この時期、高校生の性体験率がとりわけ女子で急上昇、男子を抜き去る。だが彼女らは不全感を抱いた。ナンパでの性交に限らなかった。渋谷駅前で待ち合わせてファストフードをラブホに持ち込んで性交して終了——こんなはずじゃなかった。

だから、九二年頃からブルセラ&援助交際が拡がり始めた際、何の驚きもなく、あー、とうとうそういう話になっちゃったわけか……と感じた。彼女らは、僕と同じように少女漫画を沢山読み、性愛ロマン主義を育ててきたクチだった。だから僕は同感して応援した。以降の僕は、性愛に乗り出したい、いろんな男の人を相手に経験したいという子に出会うと、やめておいたほうがいいと言うようになった。そう。快速電車が通過するということの意味が理解できない人は、快速電車の通り道から下がらなければならないだろう。

終わらない日常という先端を丸めた鉄条網の真中で

今時の性愛に乗り出す、というのは隠喩に過ぎない。それは、もっと大きな何かに棹さすことだ。もっと大きな何かとは何か？　それは生活世界に対比されるシステムか？　そんなものではない。それで言うなら、生活世界もシステムも、別の何かに変わりつつあった。『終わりなき日常を生きろ』を書いた九五年。僕は女子高生がタムロするデートクラブの待機場や予備校生が一人で来て踊るクラブに、息を継げない家・学校・地域とは違った都会を歩く人さえ知らないアジールを見出し、いわば余裕綽々で「第四空間」と名付けた。生活世界（家・地域）でもシステム（学校・会社・都会）でもない時空。それを作り出してまったりしよう。それを「まったり革命」と呼んで賞揚した。それが「終わりなき日常を生きろ」という命令形の意味だった。終わりなき日常は鉄条網の檻ではなかった。

だから、〇一年に中澤系が「終わらない日常」の言葉を使ったとき、九五年から一年間だけ語った僕の「終わらない日常」という言葉から、意味が変質していた。終わりなき日々を気取るも「ロウ」と「スマックダウン」の間、になるしかなくなっていた。

　ぼくたちはこわれてしまったぼくたちはこわれてしまったぼくたちはこわ

中澤系が表現活動を開始した九七年から数年間、僕の周囲で何人かが自死した。僕は鬱状態に陥り、次第に動けなくなってやがて床に伏し、起き上がれるようになってからは離島に沈潜した。中澤はちょうどその間濃密な表現を遺した後、難病で伏した。

その頃、僕はぎりぎりのところで「蝕」から脱し、「蝕の時代の深化」に正面から向き合う方向へと、奇蹟的に逃れた。本の内容も、より積極的な価値を押し出したものになって、今に到る。なにせ最新刊の題名が『いま、幸福について語ろう』だったりする。

キリスト教におけるバプテスマ（洗礼）とは、ヨハネによるイエスの洗礼の逸話に伺えるように、元は水に沈めた上で引き上げるという危険なものだった。むろん死と新生の隠喩である。死ななければ新生はない。「蝕」を経験せずに「光」の経験はない。

「蝕の時代」が明ける気配はない。これからもずっと光がささないだろう。当初は「蝕の時代」の始まりの引き込みに遭い、敏感な者たちが「蝕」を迎えた。だがイエスの時代がそうだったように、「蝕の時代の深化」につれて一部の者は「蝕」から離脱しよう。

こんなにも人が好きだよ　くらがりに針のようなる光は射して

〇一年八月に活動停止する直前のこの歌は、そうした「蝕」と「光」の関係を、中澤系が見通していたことを伝える。針のようなる光は、くらがり（蝕）でなければ見えない。だが、くらがりでこそ見えるその光は、まさに「針のようなる」鋭くて強いものだ。

この歌を見た瞬間、暗い水中に、遠い水面から射し込む一筋の光を、想念した。自らの生物学的な死への自覚に拮抗する新生への意志——バプテスマだと思った。蝕の暗闇を知る者は、この内なる光を、遠い次の時代に備えて、受け継がねばならない。

やがて人が変わり、世界が変わるだろう。なぜなら、人が変わってもモノは変わらないからだ。中澤のモノへの偏愛——キャンディ・牛乳パック・コンタクトレンズ・プルトップなど——は、変わらぬモノを通過していく変わりいく人を、指さしているようにも感じる。

そうであるならば、僕は、冒頭に述べたように、変わりゆく人が通過するモノのような器になりながら、待ちたいと思う。中澤系が自らの生死を超えて待っているように、僕もまた、針のようなる光を頼りに、生死を超えて待つのである。

兄・中澤系の思い出

中澤璨光《りこう》

中澤系（本名・中澤圭佐《けいすけ》）は、一九七〇年九月二二日、神奈川県横浜市で長男として生まれる。一年三ヶ月後に妹の私が生まれ、三歳ごろ母から「お兄ちゃんらしくしなさい」と言われると「お兄ちゃんらしくがわからない」と兄はべそをかいたという。しかし、とても面倒見のよい兄で、五歳のとき、さらに妹が生まれても、母は幼い兄妹に手を焼くことがなかったそうだ。

一九七七年、父の転職により神奈川県茅ヶ崎市に移り住む。

茅茂る地へと赴く父と母と子供三人　昭和も日暮れ

茅ヶ崎に移り住んでから間もなく、父が胃がんと診断され、患部の摘出手術をうける。手術は成功し、その後は「父と母と子ども三人」の仲よく平穏な楽しい日常が続いていた。だが、兄が一二歳のとき、肺に転移した父の癌が再発、二カ月の闘病の後、一九八三年三月に帰らぬ人となった。

火の点きのわろき燐寸を擦りにけり彼岸ののちは十七回忌
ああ既に十六年は過ぎにしか父の背丈の少女が横切《よぎ》る

父亡き後、母は持ち前の明るさと職に恵まれ、子ども三人は日本育英会（現在の独立行政法人日本学生支援機構）の奨学金を利用して高校へと進学する。この当時、私は父の不在に負い目を感じることなく日々を過ごしていた。兄もそのようなことを口にすることはなかったが、長男であるがゆえに何か思っていたかもしれない。

一九八九年、兄は引き続き奨学金を利用しながら早稲田大学第一文学部哲学科社会学専修に進学する。大学三年からは、マックス・ウェーバーやアルフレッド・シュッツの現象学的社会学を専門とする那須壽教授のゼミに参加している。また、入学と同時に、早稲田ニューオルリンズジャズクラブに入部して、高校吹奏楽部時代に始めたトランペットを担当する。ジャズクラブの活動にはかなり積極的で、大学三年の時におこなわれた銀座のヤマハホールでのリサイタルではバンマスを務め、ステージではトランペットのソロを演奏し、歌も披露している。

一九九三年、大学を卒業し、日本育英会に就職。就職活動では新聞社を数多く受けるも、どこからも声がかからず、かなり落胆していた。兄は社交的ではあったが、流暢な会話のできるタイプの人間ではなかったので、いたしかたないと家族は思っていた。育英会に就職してからも新聞社への想いがあきらめきれず、再度挑戦しようと友人の父親に相談していたそうだ。しかし、「仕事と趣味を切り離して考えなさい」と諭されたようである。

兄が歌を詠みはじめたのはそのころ（一九九四年以降）のようだ。兄妹、仲はよかったが、お互いに干渉しない家族だったため、兄がいつから歌を詠みはじめたのかは定かではない。今回の新刻版刊行に向け、兄の部屋を整理した際に、歌を書きとどめた手帳が数冊出てきた。その中の一冊に「一九九四年八月二七日」との日付があり、それがもっとも古いもののようである。その手帳の中には、歌集の第Ⅰ部に収められている歌に似たものが散見される。

一九九七年一月、未来短歌会に入会し、岡井隆氏に師事する。入会時から一九九八年三月までは、本名の「中澤圭佐」、同年四月より「中澤系」と筆名を改めている。

一九九七年度未来賞を「Uta0001. txt」二〇首で受賞（名義は中澤圭佐）。未来短歌会に入会してからは、「圭佐は短歌を詠んでいる」と家族も認識しはじめるが、「どんな短歌なの？」と尋ねても「言ってもわからないだろう」と答える兄に、私たちはそれ以上の詮索をしなかった。

二〇〇〇年頃から、兄はみずから歌集刊行に向けて準備をはじめる。歌集刊行の準備を進める兄に、「何のために？」と母が聞くと、「一介のサラリーマンとして生きるだけでは何も残らない。歌集を出すことで自分の生きた証を残したい」と話したという。

二〇〇一年の夏ごろから、兄は精神的な不調を自覚しはじめる。それと同時に結社誌「未来」へ歌を送ることもできなくなっていたようだ。みずから精神科を受診し、「うつ病」と診断を受けるが、通院・入院をするなかで本人も家族も「うつ病ではない何か」を感じていた。

二〇〇二年春、東京医科歯科大学医学部付属病院でＭＲＩを含む精密検査をうける。その結果、遺伝性の難病である副腎白質ジストロフィー（ＡＬＤ）と診断された。当初は若干の言語障害や歩行障害はあったものの、通院によるリハビリ生活を送っていた。しかし、二〇〇三年には病状が進行。運動機能が急速に失われ、自宅のベッドの上で顔の向きや表情を変えることでしか、意思疎通もできない状態となった。

兄の病状が進行していく中、母は兄の「生きた証を残したい」という言葉を思いおこし、兄が作りかけていた歌集の刊行を未来短歌会のさいかち真氏に依頼する。二〇〇四年三月三日、中澤系歌集『uta 0001.txt』はこのような経緯で雁書館から刊行された。ＡＬＤは運動機能に障害が出るが、感覚野や思考への影響は少ないという。母は兄に歌集の書影を見せ、刊行の実現を伝えた。

その後、病状は緩やかに進行し、二〇〇九年四月二四日、家族の見守る中、兄は自宅にて息を引きとった。享年三八歳。

副腎白質ジストロフィー（ＡＬＤ）
中枢神経系（脳・脊髄）における脱髄と副腎不全を特徴とする遺伝病で、特定疾患として認められた難病の一つである。日本国内全体で約

二〇〇名の患者が存在すると推定され、主に男性に発症するX連鎖劣性遺伝病である。非常に多くの病型があるが、一〇歳以下で発症する小児型、一一歳〜二一歳で発症する思春期型、二〇〜三〇代で発症する成人大脳型が代表的で、患者の四〇%は小児型と思春期型である。初発症状として性格・行動の変化、精神病的症状、それに続いて言語障害、歩行障害、視力・聴力低下などが見られ、発症後二年程で急速に運動機能が失われ、五〜一〇年で死に至る場合が多い。治療方法としては発症して間もない段階での骨髄移植が有効とされているが、症状が進行すると根本的な治療方法がないため、早期診断が重要である。

※参照　副腎白質ジストロフィー（ALD）のページ　http://neurol.med.tottori-u.ac.jp/scd/ALD/index.html
　　　　NPO法人ALDの未来を考える会　http://www.ald-family.com/about/cure.html

新刻版刊行に際して

兄の部屋は、没後五年となる二〇一四年の夏まで片づけられることなく、そのままになっていた。

今回の歌集刊行のために部屋や押入れを整理すると、歌の草稿を書き留めた数冊の手帳と一緒に、無造作にクリップで束ねられ、「糖衣」という題名のつけられた歌集のゲラがあった。そのゲラには兄の自筆で赤鉛筆の校正が入れられていて、家族が知らないあいだに歌集刊行の準備が最終段階まで進んでいたことに気付かされた。さらに、その中には、初めて見る歌だけで構成された章もあれば、読んだことのある歌と混ざり合った章もあり、何だか不思議な気分になった。そのうちの二つを、兄が章題をつけて並べていた順に掲載しようと思う。

splash ～イルカになれない君へ～

イルカにはなれない君のしなやかなターンを、上がる飛沫《しぶき》を見てた
ゆるやかに丘を流れる水滴のゆくさきの尾の生え変わるまで
そうそこは背鰭のあたりゆるゆると骨の隆起をたどる初夏
休憩の終わる笛さえ待ちきれず飛び込む　ふいに尾鰭が見えた
息を止め潜りつづける君を待つ　イルカに変わる前に抱くよ

peace pact

ある日不意に銀のナイフを突きつける他者に会えぬはしあわせなのか

絶対に開かぬ角度で咬み切ったソースの袋のようだ　悲しい
薄明が日の出に変わるその時に　さあ断念を買いに行こうか
ざくざくと切り刻まれる白い春キャベツぼくのものでない死よ
ここちよい疲労のなかで眠るから／世界よぼくに労働をくれ
So long　ゴムのチューブが弛緩するまでのあいだは滑空できる
突然の平和条約《ピースパクト》をぎんいろの自動改札から手渡され
ぼくたちが無償であるというのならタグのうしろを見てくれないか

新刻版は雁書館版をもとにしつつ、兄のゲラを参考にして、章タイトルや歌の表記、収録歌の改訂を行っている。兄が残したかった歌集の形に近いものになるのではないかという私の勝手な思いからである。今回、雁書館版の編集後記、解説、別刷りの栞はそのまま再録した。したがって、これらはすべて、雁書館版の『uta 0001.txt』の収録歌に基づいた文章である点をご理解いただきたい。なお、歌集名については、未来賞受賞作品や雁書館版において様々に表記されてきたが、兄の残したゲラに従い『uta0001.txt』とした。

再録をご快諾くださった、さいかち真さん、岡井隆先生、穂村弘さん、加藤治郎さん、佐伯裕子さんに御礼申し上げます。新しく解説をいただいた斉藤斎藤さん、社会学者の立場から特別に寄稿していただいた宮台真司さんにも心より感謝を申し上げます。また、歌集復刊のために「中澤系プロジェクト」（ツイッターアカウント@nakazawakei_pro）を立ち上げてくださった本多真弓さん、新刻版のために章扉などの記号をデザインしてくださった大岩雄典さん、ありがとうございます。

二〇一五年三月

中澤瓈光

本書は二〇〇四年に雁書館から刊行され、二〇一五年に双風舎から新刻版が刊行された。そして、底本は『中澤系歌集 uta 0001.txt』（双風舎、二〇一五年）とする。

中澤系歌集

uta00001.txt

2018年3月1日　第1刷発行
2023年12月25日　第3刷発行

著　者　中澤《なかざわ》　系《けい》

発行所　株式会社皓星社
発行者　晴山生菜
〒101-0051 東京都千代田区神田神保町 3-10
TEL 03-6272-9330
e-mail info@libro-koseisha.co.jp
ホームページ http://www.libro-koseisha.co.jp/

造本・組版　米村 緑
印刷・製本　精文堂印刷株式会社

落丁・乱丁本はお取替えいたします。定価はカバーに表示してあります。

ISBN 978-4-7744-0651-0 C0092